시로 배우는 예쁜 말

윤동주·김소월·나태주

시로 배우는 예쁜 말

나태주 외

지혜

  가끔 중등학교에 나가 문학강연을 할 때, 젊은 청춘들에게 어떤 시인을 가장 좋아하느냐 물어보곤 합니다. 시인의 이름을 대면서 아는 시인에 대해서 손을 들게 하면 학생들이 가장 많이 기억하고 손을 들어주는 시인이 바로 윤동주 시인입니다. 그다음은 김소월, 한용운 시인 순으로 나옵니다. 그것은 번번이 놀라운 일입니다.

  이어서 학생들에게 물어봅니다. 윤동주 시인은 돌아가셨는가? 그렇지 않다고 단호하게 말해주는 시인이 또 윤동주 시인입니다. 자기들 가슴속에 분명히 살아있다는 겁니다. 그런 점에서 정말로 좋은 시인은 이 세상에서 생명을 다한 다음에도 사람들 기억 속에 살아있는 시인이 아닌가 싶습니다. 그것이 바로 시인의 완성이라 여겨집니다.

이 시집엔 그렇게 젊은 청춘들에게 가장 좋은 기억으로 남아있는 두 분 시인을 모셨습니다. 그분들의 시 가운데 청소년들이 읽었으면 좋을 만한 작품들을 뽑아 싣고, 나의 시 몇 편을 골라 뒤편에 모았습니다. 매우 조심스럽고 송구스러운 일이지만 시를 통해서 이 땅의 젊은 청춘들이 예쁜 마음, 향기로운 마음을 더욱 많이 갖기를 소망하는 마음에서 만든 책입니다. 그런 의미에서 젊은 청춘들의 관심과 사랑을 기대하는 마음입니다.

2022년 늦은 가을
나태주 씁니다.

윤동주의 「서시」 윤동주(尹東柱, 1917~1945) 시인은 참 내게 다행스런 이름이다. 청소년 시기, 시가 무엇인지도 모르면서 시인이 되겠다고 밤잠을 설치고 공주시내의 고서점을 헤맬 때 그의 시를 읽었다는 것은 하나의 축복이다. 그로부터 평생을 시와 함께 하고 있으니 윤동주와 함께 하고 있음이요, 나이 70을 넘겨도 소년의 마음 청년의 마음 두근거리는 마음을 잃지 않음은 오로지 시인 윤동주의 덕이다. 이런 글이니까 그렇지 나는 시인 윤동주의 이름을 함부로 불러서는 안 된다고 주장하는 사람이다. 그것은 아버지가 28세에 돌아가셨다 해서 함부로 이름을 불러서는 안 되는 것처럼 말이다. 그래서 나는 시인 김소월과 함께 그 이름 아래에 김소월 선생, 윤동주 선생이라고 불러야 한다고 생각한다.

— 나태주 애송시집 『풀꽃시인의 별들』에서

윤동주의 「자화상」 자화상 치고서는 단순하고 천진한 자화상이다. 하늘에 어린 실루엣 같은 그림. 그것도 반복적으로 나타나는 심상으로 그려진 그림이다. 어느 날 산모롱이 길을 가다가 시인은 우물 하나를 보았던 것이고 그 우물을 들여다보았던 모양이다.

죽는 날, 순간까지 오로지 학생으로 살았던 사람. 평생을 책만 읽고 글만 쓰고 살았던 사람. 천지개벽 이래 한 번도 손타보지 않은 생땅처럼 순결했던 사람. 영원히 죽지 않는 만년 청년 윤동주, 그의 모습이 어린다. 그것도 우리들 마음의 거울, 맑은 샘물에 어린다. 별이 되어 어린다.

— 나태주 애송시집 『풀꽃시인의 별들』에서

윤동주의 「십자가」 1942년 도일하여 릿교대학을 거쳐 도지샤대학에서 공부하다가 1943년 7월14일 고향으로 돌아오기 위해 기차표를 끊고 짐까지 부쳤는데 일본 경찰에 체포되어 취조를 받고 재판을 받고 후쿠

오카형무소에서 1945년 2월 16일, 시인은 절명하였다. 이 어찌 억울하고 분한 일이 아니겠는가!

한줌 재로 돌아와 자신이 태어난 땅 중국의 만주, 용정에 고요히 묻힌 시인. 결국은 시인이 시에서 예언한 내용처럼 되어버리고 말았다. 이처럼 인간의 말, 그것도 시의 문장은 영혼의 말이고 그 말은 또 예언 기능까지를 갖는 것인가 보다. 심히 두려운 일이다.

― 나태주 애송시집 『풀꽃시인의 별들』에서

윤동주의 「**별 헤는 밤**」 서정이면서 서사를 함께 느끼는 이 작품. 시인의 대표작이다. 한 사람 생애에 이런 작품 하나만 쓴다 해도 후회 없을 것 같은 그런 작품이다. 어떤 시인은 죽음의 마당에 이런 말을 한 시인도 있다. '시인에게는 백 편의 작품이 중요한 것이 아니라 백 사람에게 읽혀질 단 한편의 작품이 중요한 것이다.' 그러하다. 이 작품이품이야말로 백 사람, 천 사람에게 읽히는 작품이다.

항아리에 숨긴 시! 이 얼마나 처절하게 아름다운 징그러운 시의 신화인가! 후배 정병욱이 없었다면 오늘날 윤동주의 시도 없을 뻔했다. 윤동주의 존재가 기적이지만 정병욱의 존재도 기적이다. 밤하늘에 정답게 반짝이는 두 개의 별이다. 그래서 전남 광양에 있는 정병욱의 옛집에서는 이러한 모든 것들을 잘 기록하고 보존하여 오늘의 사람들, 관광객들에게 보여주고 있다고 한다. 잘하는 일이다.

마지막으로 한 가지만 더 적는다. 윤동주의 필사본 원고를 보면 작품마다 그 말미에 제작 연도를 꼼꼼하게 적어놓는 시인의 성실함을 확인하게 된다. 이 작품의 제작연도는 1941년 11월 5일. 그런데 그 숫자가 마지막 연 안쪽인 문장, "부끄러운 이름을 슬퍼하는 까닭입니다." 다음에 적혀있다. 이것은 무엇을 의미하느냐 하면 당초의 글은 여기까지라는 것을 말해준다.

― 나태주 애송시집 『풀꽃시인의 별들』에서

김소월의 「엄마야 누나야」 내가 처음 김소월(金素月, 1902~1934) 시인의 시를 읽은 것은 역시 고등학교 1학년인 15세 때. 「못 잊어」, 「예전엔 미처 몰랐어요」, 「접동새」 같은 지극히 애상적인 시를 읽었을 것이다. 그냥 단순한 연애시로만 알고 읽기 십상이었다.

천래의 시인. 김소월은 하늘에서 내려온 하늘의 시인이었다. 32세 일기로 세상을 떠났지만 그만큼 세월로도 그의 시를 완성하기에는 충분한 지상의 날들이었다. 한국어로 시를 쓰는 시인 가운데 누가 있어 김소월의 시세계를 뛰어넘으랴….

독일사람 괴테가 말하기를 '좋은 시란 어린이에게는 노래가 되고 청년에게는 철학이 되고 노인에게는 인생이 되는 시'라고 했다. 이 말 앞에 떠오르는 한국의 시가 있다면 그것은 오직 「엄마야 누나야」 이 작품 한 편 뿐이다. 무슨 말을 더 보태랴.

— 나태주 애송시집 『풀꽃시인의 별들』에서

김소월의 「진달래꽃」 진달래꽃의 마력이다. 시의 문장이 주는 고혹이다. 그나저나 저 시에 나오는 종결어미 부분들을 보시라. '고이 보내 드리우리다', '아름 따다 가실 길에 뿌리우리다', '사뿐히 즈려밟고 가시옵소서', '죽어도 아니 눈물 흘리우리다', 이러한 말들의 아름다움을 세상천지 어디 가서 찾아볼 수 있단 말인가.

우리나라의 시사에는 '꽃시의 역사'가 있다. 그 출발은 김소월의 '진달래'와 한용운의 '해당화'. 그 이후로 이육사의 '꽃', 서정주의 '국화', 김영랑의 '모란', 유치환의 '수선화', 김동명의 '파초', 박목월의 '산도화', 김춘수의 '꽃'이 있어왔다. 나태주의 '풀꽃'이 그 대미를 이어받게 될 것이다.

— 나태주 애송시집 『풀꽃시인의 별들』에서

김소월의 「**산유화**」 그냥 그대로 한 폭의 산수화다. 소소하게 자취 없이 피어나는 꽃이 있고 유순하게 흘러가는 춘하추동 세월이 있다. 늘상 질퍽하게 젖어있게 마련인 시편들 가운데 유독 삽상하고 드라이하기까지 한 시편이다.

산수화, 그림에 비긴다 해도 선이 굵고 색깔이 짙은 화면이 아니라 선이 가늘고 맑은 담채의 그림이다. 속이 그대로 들여다보이는 연못물 같다. 시인의 생애 어느 길목에 이런 한일의 날들이 허락되었던가! 기껍기까지 한 일이다.

산과 꽃과 새. 그들은 평화와 조화의 상징이다. 서로 그 자리에 있어 방해받지 않을뿐더러 방해하지도 않는 상대다. 왜인가? '저만치' 거리가 보장되었고 '혼자'서 있기 때문이다. 아, 우리는 젊은 시절 얼마나 사랑하는 사람을 가까이 두기 위해 안달복달했던가.

— 나태주 애송시집 『풀꽃시인의 별들』에서

나태주의 「**풀꽃**」 이 시는 내가 2002년, 초등학교 교장으로 일할 때 학생들과 수업을 하다가 쓴 시이다. 그들에게 풀꽃 그림 그리는 방법을 가르치면서 되풀이 해준 말을 그대로 문장으로 옮긴 것이 이 작품이다. 겨우 24 글자인 단출한 시. 그런데 이 시가 2012년 봄, 교보문고 광화문 글판에 올라간 뒤 아주 많은 분들의 사랑을 받았다.

뿐더러, 많은 대중 매체의 호응을 얻기도 했다. 그 시작이 KBS방송에서 기획한 「학교 2013」이란 드라마에서 미남배우 이종석이 「풀꽃」 시를 읽으면서부터이다. 아예 이제는 모든 한국 국민들이 알아주는 시가 되어버렸다. 나아가 이 시는 한글과 한국어를 배우는 외국인들이 가장 먼저 익히는 시가 되기도 했다. 시인의 영광이고 시의 영광이 아닐 수 없겠다.

— 나태주 시인

나태주 시선집 『꽃을 보듯 너를 본다』 처음 이 책은 무심히 낸 시화집에 불과했다. 그런데 점차 좋은 반응을 일으켰다. 까닭은 책을 만든 방법에 있었다. 이 책은 한국 최초로 '인터넷 시집'이란 수식이 붙은 책인데 나태주의 시 가운데서 인터넷에 가장 많이 오르내린 시들만 골라서 만든 시집이란 의미이다.

말하자면 이미 독자들에게 선택되고 검증된 시들만 모아서 낸 시집이란 뜻인데, 그런 만큼 독자들의 호응은 이미 약속된 것이나 마찬가지였다. 입소문을 타고 책이 나가기 시작했다. 그러다가 책이 왈칵 나간 것은 2018년(11월 28일)에서 2019년(1월 24일) 사이, tvN에서 방영한 「남자 친구」란 드라마에서 이 책이 노출된 이후 서점가에서 판매의 역주행을 하고 나서다.

책이 출간된 것이 2015년의 일이고 보면 이것은 참 놀라운 일이기도 하다. 그 뒤로 이 책은 대형서점의 베스트셀러 가판대를 지켰으며, 급기야는 에이젠시를 통해서 일본, 중국, 대만, 필리핀, 태국, 인도네시아에 번역 출판되는 시집이 되었다. 총 판매부수는 75만부. 교보문고에서 현재까지 시부문 스테디셀러 1위를 기록하고 있다.

그리고 블랙핑크의 지수, 한국이 배출한 세계적인 보컬 방탄소년단 BTS의 제이홉, 가수 태연 등이 사랑하는 시집이라고 말해주기도 했다.
— 나태주 시인

나태주의 「그리움」 "가지 말라는데 가고 싶은 길이 있다/ 만나지 말자면서 만나고 싶은 사람이 있다/ 하지 말라면 더욱 해보고 싶은 일이 있다// 그것이 인생이고 그리움/ 바로 너다."

tvN에서 방영한 드라마 「남자 친구」에서 인기스타 송혜교와 박보검이 낭송한 바로 그 시!

"자세히 보아야/ 예쁘다// 오래 보아야/ 사랑스럽다// 너도 그렇다."
나태주 시인의 「풀꽃」은 전국민의 애송시이며 대한민국을 '풀꽃의 열
풍'으로 몰아넣은 작품이다. 자세히 본다는 것은 관찰의 방법이고, 오
래 본다는 것은 인식의 방법이다. 풀꽃도 울고 웃는다. 풀꽃도 사나운
비바람과 풀벌레 때문에 괴로워 한다. 하지만 풀꽃은 그 모든 것을 견
디며 언제 어디서나 부드럽고 따뜻한 미소와 사랑을 잃지 않는다. 이
러한 풀꽃의 삶이야말로 자세한 관찰과 오랜 인식을 통해서만 가능하
다. 결국 이 시는 만물일여萬物一如, 우아일체宇我一體 시인 정신의 승리
라 할 수 있을 것이다.
— 반경환, 문학평론가

차례

시인의 말 | 시인의 완성 ——————————— 4

1부
윤동주

새로운 길 ————————————————— 21

산울림 ——————————————————— 22

해바라기 얼굴 ————————————————— 23

귀뚜라미와 나와 ———————————————— 24

소년 ———————————————————— 25

자화상 ——————————————————— 26

위로 ———————————————————— 27

병원 ———————————————————— 28

무서운 시간 ————————————————— 29

눈 오는 지도 ————————————————— 30

새벽이 올 때까지 ——————————————— 31

십자가 ——————————————————— 32

또 태초의 아침 ———————————————— 33

돌아와 보는 밤 ———————————————— 34

바람이 불어 ————————————————— 35

또 다른 고향 ————————————————— 36

별 헤는 밤 —————————————— 38

서시 ———————————————— 41

간 ————————————————— 42

참회록 —————————————— 43

흐르는 거리 ————————————— 45

사랑스런 추억 ———————————— 46

쉽게 쓰여진 시 ———————————— 48

눈 ————————————————— 50

햇비 ———————————————— 51

봄 ————————————————— 52

무얼 먹구 사나 ———————————— 53

밤 ————————————————— 54

편지 ———————————————— 55

겨울 ———————————————— 56

반딧불 —————————————— 57

호주머니 —————————————— 58

나무 ———————————————— 59

2부
김소월

진달래꽃 ——————————— 63

못잊어 ——————————— 64

개여울 ——————————— 65

꿈꾼 그 옛날 ——————————— 66

자나깨나 앉으나서나 ——————————— 67

해가 산마루에 저물어도 ——————————— 68

먼 후일 ——————————— 69

예전엔 미처 몰랐어요 ——————————— 70

가는 길 ——————————— 71

초혼招魂 ——————————— 72

접동새 ——————————— 74

옛 이야기 ——————————— 76

맘에 있는 말이라고 다 할까 보냐 ——————————— 77

비단안개 ——————————— 78

첫치마 ——————————— 79

밭고랑 위에서 ——————————— 80

산유화 ——————————— 81

바다 ——————————————— 82

엄마야 누나야 ——————————— 83

산 ———————————————— 84

왕십리往十里 —————————— 85

삭주구성朔州龜城 ——————— 86

부모 ——————————————— 88

나는 세상 모르고 살았노라 ——— 89

금잔디 ————————————— 90

길 ————————————————— 91

풀따기 ————————————— 93

님에게 ————————————— 94

님의 노래 ——————————— 95

바리운 몸 ——————————— 96

옷과 밥과 자유 ————————— 97

해 넘어가기 전 한참은 ————— 98

바다가 변하여 뽕나무밭 된다고 ——— 100

3부
나태주

선물 ——————— 103

풀꽃 ——————— 104

행복 ——————— 105

부탁 ——————— 106

시 ——————— 107

멀리서 빈다 ——————— 108

기쁨 ——————— 109

한 사람 건너 ——————— 110

바람에게 묻는다 ——————— 111

산수유꽃 진 자리 ——————— 112

황홀극치 ——————— 113

사는 법 ——————— 115

서울, 하이에나 ——————— 116

살아갈 이유 ——————— 117

안부 ——————— 118

개양귀비 ——————— 119

사랑하는 마음 내게 있어도 ——————— 120

사랑에 답함 ——————— 122

혼자서 ——————— 123

다시 중학생에게 ——————— 124

나무 ——————— 125

너도 그러냐 ——————— 126

꽃들아 안녕 ——————— 127

들길을 걸으며 ——————— 128

11월 ——————— 130

그리움 ——————— 131

내가 너를 ——————— 132

너를 두고 ——————— 133

꽃 ——————— 134

가을 서한 ——————— 135

들국화 ——————— 137

지상에서의 며칠 ——————— 138

묘비명 ——————— 139

돌멩이 ——————— 140

17

• 일러두기
페이지의 첫줄이 연과 연 사이의 띄어쓰기 줄에 해당할 경우 > 로 표시합니다.

＊

윤동주(1917~1945) 시인은 1917년 만주 북간도에서 태어났고, 1931년 14세에 명동소학교를 졸업했다. 1941년 연희전문학교 문과를 졸업했고, 일본으로 건너가 도시샤대학 영문과에서 공부했다. 일본 유학 생활을 마치고 귀국하려던 중 1943년 '독립운동'의 혐의로 일본 경찰에 체포되어 후쿠오카 형무소에서 1945년 2월에 억울하게 옥사했다.

윤동주 시인의 대표작으로는 「서시」와 「별 헤는 밤」, 「또 다른 고향」, 「새로운 길」, 「쉽게 쓰여진 시」 등이 있고, 그는 대한민국의 대표적인 민족 시인이자 도덕적 선善의 상징으로서 국민들로부터 가장 많이 사랑받는 '국민시인'이라고 할 수가 있다.

윤동주 시인은 그동안 국적이 없었는데 2022년 7월 11일, 대한민국 보훈처가 홍범도 장군, 장인환 의사와 함께 무국적 독립운동가 백 쉰여섯 분에게 대한민국 국적을 드림으로 완벽한 한국 시인이 되었다.

새로운 길

내를 건너서 숲으로
고개를 넘어서 마을로

어제도 가고 오늘도 갈
나의 길 새로운 길

민들레가 피고 까치가 날고
아가씨가 지나고 바람이 일고

나의 길은 언제나 새로운 길
오늘도…… 내일도……

내를 건너서 숲으로
고개를 넘어서 마을로.

산울림

까치가 울어서
산울림,
아무도 못 들은
산울림,

까치가 들었다.
산울림,
저 혼자 들었다.
산울림.

해바라기 얼굴

누나의 얼굴은
　해바라기 얼굴
해가 금방 뜨자
　일터에 간다.

해바라기 얼굴은
　누나의 얼굴
얼굴이 숙어들어
　집으로 온다.

귀뚜라미와 나와

귀뚜라미와 나와
잔디밭에서 이야기했다.

귀뚤귀뚤
귀뚤귀뚤

아무에게도 아르켜 주지 말고
우리 둘만 알자고 약속했다.

귀뚤귀뚤
귀뚤귀뚤

귀뚜라미와 나와
달 밝은 밤에 이야기했다.

소년

여기저기서 단풍잎 같은 슬픈 가을이 뚝뚝 떨어진다. 단풍잎 떨어져 나온 자리마다 봄을 마련해놓고 나뭇가지 위에 하늘이 펼쳐 있다. 가만히 하늘을 들여다보려면 눈썹에 파란 물감이 든다. 두 손으로 따뜻한 볼을 쓸어보면 손바닥에도 파란 물감이 묻어난다. 다시 손바닥을 들여다본다. 손금에는 맑은 강물이 흐르고, 맑은 강물이 흐르고, 강물 속에는 사랑처럼 슬픈 얼굴—아름다운 순이의 얼굴이 어린다. 소년은 황홀히 눈을 감아본다. 그래도 맑은 강물은 흘러 사랑처럼 슬픈 얼굴—아름다운 순이의 얼굴은 어린다.

자화상

산모퉁이를 돌아 논가 외딴 우물을 홀로 찾아가선 가만히 들여다봅니다.

우물 속에는 달이 밝고 구름이 흐르고 하늘이 펼치고 파아란 바람이 불고 가을이 있습니다.

그리고 한 사나이가 있습니다.
어쩐지 그 사나이가 미워져 돌아갑니다.

돌아가다 생각하니 그 사나이가 가엾어집니다.
도로 가 들여다보니 사나이는 그대로 있습니다.

다시 그 사나이가 미워져 돌아갑니다.
돌아가다 생각하니 그 사나이가 그리워집니다.

우물 속에는 달이 밝고 구름이 흐르고 하늘이 펼치고 파아란 바람이 불고 가을이 있고 추억처럼 사나이가 있습니다.

위로

거미란 놈이 흉한 심보로 병원 뒤뜰 난간과 꽃밭 사이 사람 발이 잘 닿지 않는 곳에 그물을 쳐놓았다. 옥외 요양을 받는 젊은 사나이가 누워서 쳐다보기 바르게―

나비가 한 마리 꽃밭에 날아들다 그물에 걸리었다. 노―란 날개를 파득거려도 파득거려도 나비는 자꾸 감기우기만 한다. 거미가 쏜살같이 가더니 끝없는 끝없는 실을 뽑아 나비의 온몸을 감아버린다. 사나이는 긴 한숨을 쉬었다.

나이보담 무수한 고생 끝에 때를 잃고 병을 얻은 이 사나이를 위로할 말이―거미줄을 헝클어버리는 것밖에 위로의 말이 없었다.

병원

살구나무 그늘로 얼굴을 가리고 병원 뒤뜰에 누워, 젊은 여자가 흰옷 아래로 하얀 다리를 드러내놓고 일광욕을 한다. 한나절이 기울도록 가슴을 앓는다는 이 여자를 찾아오는 이, 나비 한 마리도 없다. 슬프지도 않은 살구나무 가지에는 바람조차 없다.

나도 모를 아픔을 오래 참다 처음으로 이곳에 찾아왔다. 그러나 나의 늙은 의사는 젊은이의 병을 모른다. 나한테는 병이 없다고 한다. 이 지나친 시련, 이 지나친 피로, 나는 성내서는 안 된다.

여자는 자리에서 일어나 옷깃을 여미고 화단에서 금잔화 한 포기를 따 가슴에 꽂고 병실 안으로 사라진다. 나는 그 여자의 건강이―아니 내 건강도 속히 회복되기를 바라며 그가 누웠던 자리에 누워본다.

무서운 시간

거 나를 부르는 것이 누구요.

가랑잎 이파리 푸르러 나오는 그늘인데,
나 아직 여기 호흡이 남아 있소.

한 번도 손들어보지 못한 나를
손들어 표할 하늘도 없는 나를

어디에 내 한 몸 둘 하늘이 있어
나를 부르는 것이오.

일을 마치고 내 죽는 날 아침에는
서럽지도 않은 가랑잎이 떨어질 텐데……

나를 부르지 마오.

눈 오는 지도

순이가 떠난다는 아침에 말 못 할 마음으로 함박눈이 내려, 슬픈 것처럼 창밖에 아득히 깔린 지도 위에 덮인다. 방 안을 돌아다보아야 아무도 없다. 벽과 천정이 하얗다. 방 안에까지 눈이 내리는 것일까, 정말 너는 잃어버린 역사처럼 홀홀히 가는 것이냐, 떠나기 전에 일러둘 말이 있던 것을 편지를 써서도 네가 가는 곳을 몰라 어느 거리, 어느 마을, 어느 지붕 밑, 너는 내 마음속에만 남아 있는 것이냐, 네 쪼그만 발자국을 눈이 자꾸 내려 덮여 따라갈 수도 없다. 눈이 녹으면 남은 발자국 자리마다 꽃이 피리니, 꽃 사이로 발자국을 찾아 나서면 일 년 열두 달 하냥* 내 마음에는 눈이 내리리라.

* 하냥: '늘', '함께'의 방언

새벽이 올 때까지

다들 죽어가는 사람들에게
검은 옷을 입히시오.

다들 살아가는 사람들에게
흰옷을 입히시오.

그리고 한 침대에
가지런히 잠을 재우시오.

다들 울거들랑
젖을 먹이시오

이제 새벽이 오면
나팔 소리 들려올 게외다.

십자가

쫓아오던 햇빛인데
지금 교회당 꼭대기
십자가에 걸리었습니다.

첨탑이 저렇게도 높은데
어떻게 올라갈 수 있을까요.

종소리도 들려오지 않는데
휘파람이나 불며 서성거리다가,

괴로웠던 사나이,
행복한 예수 그리스도에게
처럼
십자가가 허락된다면

모가지를 드리우고
꽃처럼 피어나는 피를
어두워가는 하늘 밑에
조용히 흘리겠습니다.

또 태초의 아침

하얗게 눈이 덮이었고
전신주가 잉잉 울어
하나님 말씀이 들려온다.

무슨 계시일까.

빨리
봄이 오면
죄를 짓고
눈이
밝아

이브가 해산하는 수고를 다하면

무화과 잎사귀로 부끄런 데를 가리고

나는 이마에 땀을 흘려야겠다.

돌아와 보는 밤

　세상으로부터 돌아오듯이 이제 내 좁은 방에 돌아와 불을 끄옵니다. 불을 켜두는 것은 너무나 피로롭은 일이옵니다. 그것은 낮의 연장이옵기에―

　이제 창을 열어 공기를 바꾸어 들여야 할 텐데 밖을 가만히 내다보아야 방 안과 같이 어두워 꼭 세상 같은데 비를 맞고 오던 길이 그대로 빗속에 젖어 있사옵니다.

　하루의 울분을 씻을 바 없어 가만히 눈을 감으면 마음속으로 흐르는 소리, 이제 사상이 능금처럼 저절로 익어 가옵니다.

바람이 불어

바람이 어디로부터 불어와
어디로 불려 가는 것일까,

바람이 부는데
내 괴로움에는 이유가 없다.

내 괴로움에는 이유가 없을까,

단 한 여자를 사랑한 일도 없다.
시대를 슬퍼한 일도 없다.

바람이 자꾸 부는데
내 발이 반석 위에 섰다.

강물이 자꾸 흐르는데
내 발이 언덕 위에 섰다.

또 다른 고향

고향에 돌아온 날 밤에
내 백골이 따라와 한방에 누웠다.

어둔 방은 우주로 통하고
하늘에선가 소리처럼 바람이 불어온다.

어둠 속에서 곱게 풍화작용하는
백골을 들여다보며
눈물짓는 것이 내가 우는 것이냐
백골이 우는 것이냐
아름다운 혼이 우는 것이냐

지조 높은 개는
밤을 새워 어둠을 짖는다.

어둠을 짖는 개는
나를 쫓는 것일 게다.

>

가자 가자

쫓기우는 사람처럼 가자

백골 몰래

아름다운 또 다른 고향에 가자.

별 헤는 밤

계절이 지나가는 하늘에는
가을로 가득 차 있습니다.

나는 아무 걱정도 없이
가을 속의 별들을 다 헤일 듯합니다.

가슴 속에 하나 둘 새겨지는 별을
이제 다 못 헤는 것은
쉬이 아침이 오는 까닭이오,
내일 밤이 남은 까닭이오,
아직 나의 청춘이 다하지 않은 까닭입니다.

별 하나에 추억과
별 하나에 사랑과
별 하나에 쓸쓸함과
별 하나에 동경과
별 하나에 시와
별 하나에 어머니, 어머니,

> 　

　어머님, 나는 별 하나에 아름다운 말 한마디씩 불러봅니다. 소학교 때 책상을 같이 했던 아이들의 이름과, 패, 경, 옥 이런 이국 소녀들의 이름과 벌써 애기 어머니 된 계집애들의 이름과, 가난한 이웃 사람들의 이름과, 비둘기, 강아지, 토끼, 노새, 노루, '프랑시스 잠', '라이너 마리아 릴케', 이런 시인의 이름을 불러봅니다.

　이네들은 너무나 멀리 있습니다.
　별이 아슬히 멀 듯이,

　어머님,
　그리고 당신은 멀리 북간도에 계십니다.

　나는 무엇인지 그리워
　이 많은 별빛이 내린 언덕 위에
　내 이름자를 써보고,
　흙으로 덮어버리었습니다.
　딴은 밤을 새워 우는 벌레는

부끄러운 이름을 슬퍼하는 까닭입니다.

그러나 겨울이 지나고 나의 별에도 봄이 오면
무덤 위에 파란 잔디가 피어나듯이
내 이름자 묻힌 언덕 위에도
자랑처럼 풀이 무성할 게외다.

서시

죽는 날까지 하늘을 우러러
한 점 부끄럼이 없기를,
잎새에 이는 바람에도
나는 괴로워했다.
별을 노래하는 마음으로
모든 죽어가는 것을 사랑해야지
그리고 나한테 주어진 길을
걸어가야겠다.

오늘 밤에도 별이 바람에 스치운다.

간

바닷가 햇빛 바른 바위 위에
습한 간을 펴서 말리우자,

코카서스 산중에서 도망해 온 토끼처럼
둘러리를 빙빙 돌며 간을 지키자.

내가 오래 기르던 여윈 독수리야!
와서 뜯어 먹어라, 시름없이

너는 살찌고
나는 여위어야지, 그러나,

거북이야!
다시는 용궁의 유혹에 안 떨어진다.

프로메테우스 불쌍한 프로메테우스
불 도적한 죄로 목에 맷돌을 달고
끝없이 침전하는 프로메테우스.

참회록

파란 녹이 낀 구리거울 속에
내 얼굴이 남아 있는 것은
어느 왕조의 유물이기에
이다지도 욕될까

나는 나의 참회의 글을 한 줄에 줄이자.
— 만 이십사 년 일 개월을
   무슨 기쁨을 바라 살아왔던가

내일이나 모레나 그 어느 즐거운 날에
나는 또 한 줄의 참회록을 써야 한다.
— 그때 그 젊은 나이에
   왜 그런 부끄런 고백을 했던가.

밤이면 밤마다 나의 거울을
손바닥으로 발바닥으로 닦아보자.

그러면 어느 운석 밑으로 홀로 걸어가는

슬픈 사람의 뒷모양이
거울 속에 나타나 온다.

흐르는 거리

　으스름히 안개가 흐른다. 거리가 흘러간다. 저 전차, 자동차, 모든 바퀴가 어디로 흘리워 가는 것일까? 정박할 아무 항구도 없이, 가련한 많은 사람들을 싣고서, 안개속에 잠긴 거리는,

　거리 모퉁이 붉은 포스트 상자를 붙잡고 섰을라면 모든 것이 흐르는 속에 어렴풋이 빛나는 가로등, 꺼지지 않는 것은 무슨 상징일까? 사랑하는 동무 박이여! 그리고 김이여! 자네들은 지금 어디 있는가? 끝없이 안개가 흐르는데,

　"새로운 날 아침 우리 다시 정답게 손목을 잡아보세" 몇 자 적어 포스트 속에 떨어트리고, 밤을 새워 기다리면 금휘장에 금단추를 끼웠고 거인처럼 찬란히 나타나는 배달부, 아침과 함께 즐거운 내림來臨,

　이 밤을 하염없이 안개가 흐른다.

사랑스런 추억

봄이 오던 아침, 서울 어느 쪼그만 정거장에서
희망과 사랑처럼 기차를 기다려,

나는 플랫폼에 간신艱辛한 그림자를 떨어트리고,
담배를 피웠다.

내 그림자는 담배 연기 그림자를 날리고,
비둘기 한 떼가 부끄러울 것도 없이
나래 속을 속, 속, 햇빛에 비춰, 날았다.

기차는 아무 새로운 소식도 없이
나를 멀리 실어다주어,

봄은 다 가고―동경 교외 어느 조용한 하숙방에서,
옛 거리에 남은 나를 희망과
사랑처럼 그리워한다.
오늘도 기차는 몇 번이나 무의미하게 지나가고,

\>

오늘도 나는 누구를 기다려 정거장 가까운 언덕에서
서성거릴 게다.

— 아아 젊음은 오래 거기 남아 있거라.

쉽게 쓰여진 시

창밖에 밤비가 속살거려
육첩방六疊房은 남의 나라,

시인이란 슬픈 천명인 줄 알면서도
한 줄 시를 적어볼까,

땀내와 사랑내 포근히 품긴
보내주신 학비 봉투를 받아

대학 노―트를 끼고
늙은 교수의 강의 들으러 간다.

생각해보면 어린 때 동무를
하나, 둘, 죄다 잃어버리고

나는 무얼 바라
나는 다만, 홀로 침전하는 것일까?

>
인생은 살기 어렵다는데
시가 이렇게 쉽게 쓰여지는 것은
부끄러운 일이다.

육첩방은 남의 나라.
창밖에 밤비가 속살거리는데,

등불을 밝혀 어둠을 조금 내몰고,
시대처럼 올 아침을 기다리는 최후의 나,

나는 나에게 작은 손을 내밀어
눈물과 위안으로 잡는 최초의 악수.

눈

지난 밤에
눈이 소오복이 왔네

지붕이랑
길이랑 밭이랑
추워한다고
덮어주는 이불인가봐

그러기에
추운 겨울에만 내리지.

햇비

아씨처럼 내린다
보슬보슬 햇비
맞아주자 다 같이
　옥수숫대처럼 크게
　닷 자 엿 자 자라게
　해님이 웃는다
　나 보고 웃는다.

하늘 다리 놓였다
알롱알롱 무지개
노래하자 즐겁게
　동무들아 이리 오나
　다 같이 춤을 추자
　해님이 웃는다
　즐거워 웃는다

봄

우리 애기는
아래 발치에서 코올코올,

고양이는
부뚜막에서 가릉가릉,

애기 바람이
나뭇가지에서 소올소올,

아저씨 해님이
하늘 한가운데서 째앵째앵.

무얼 먹구 사나

바닷가 사람
물고기 잡아먹고 살고

산골엣 사람
감자 구워 먹고 살고

별나라 사람
무얼 먹고 사나.

밤

외양간 당나귀
아―ㅇ 앙 외마디 울음 울고,

당나귀 소리에
으―아 아 애기 소스라쳐 깨고,

등잔에 불을 다오.

아버지는 당나귀에게
짚을 한 키 담아주고,

어머니는 애기에게
젖을 한 모금 먹이고,

밤은 다시 고요히 잠드오.

편지

누나!
이 겨울에도
눈이 가득히 왔습니다.

흰 봉투에
눈을 한 줌 넣고
글씨도 쓰지 말고
우표도 붙이지 말고
말쑥하게 그대로
편지를 부칠까요?

누나 가신 나라엔
눈이 아니 온다기에.

겨울

처마 밑에
시래기 다래미
바삭바삭
추워요.

길바닥에
말똥 동그라미
달랑달랑
얼어요.

반딧불

가자 가자 가자
숲으로 가자
달 조각을 주우러
숲으로 가자

　그믐밤 반딧불은
　부서진 달 조각,

가자 가자 가자
숲으로 가자
달 조각을 주우러
숲으로 가자.

호주머니

넣을 것 없어
걱정이던
호주머니는,

겨울만 되면
주먹 두 개 갑북갑북.

나무

나무가 춤을 추면
　바람이 불고,
나무가 잠잠하면
　바람도 자오.

2부
김소월

＊

　김소월(1902~1934) 시인은 1902년 평안북도 구성에서 태어났고, 오산학교에서 김억에게 사사 받으며 시를 쓰기 시작했으며, 1920년 동인지 〈창조〉에 「낭인의 봄」, 「그리워」 등 4편을 발표하며 등단했다.

　1922년 「금잔디」, 「엄마야 누나야」 등을 〈개벽〉에 발표하였고, 그해 7월 한국 서정시의 기념비적 작품으로 평가받는 「진달래꽃」을 발표하며 크게 주목받았다. 1924년 〈영대〉에 동양적인 사상이 깃든 명시 「산유화」를 발표하였으며, 1925년 그의 유일한 시집인 『진달래꽃』을 발간했다. 이별의 슬픔을 절제된 정한情恨으로 담아냈다는 평을 받는 이 시집은 한국 근대 문학 작품 중 최초로 문화재로 지정되기도 했다.

　천재적인 재능을 지녔으나 삶은 평탄하지 않았던 시인은, 32세의 일기로 생을 마감했다. 짧은 문단 활동이었음에도 154편의 시와 시론 「시혼詩魂」을 남겼다.

진달래꽃

나 보기가 역겨워
가실 때에는
말없이 고히 보내 드리우리다

영변寧邊 약산藥山
진달래꽃
아름따다 가실 길에 뿌리우리다

가시는 걸음걸음
놓인 그 꽃을
사뿐이 즈려밟고 가시옵소서

나 보기가 역겨워
가실 때에는
죽어도 아니 눈물 흘리우리다

못잊어

못잊어 생각이 나겠지요,
그런대로 한세상 지내시구려,
사노라면 잊힐 날 있으리다.

못잊어 생각이 나겠지요,
그런대로 세월만 가라시구려,
못잊어도 더러는 잊히오리다.

그러나 또한긋 이렇지요,
'그리워 살뜰히 못잊는데,
어쩌면 생각이 떠지나요?'

개여울

당신은 무슨 일로
그리합니까?
홀로히 개여울에 주저앉아서

파릇한 풀포기가
돋아나오고
잔물은 봄바람에 헤적일 때에

가도 아주 가지는
않노라시던
그러한 약속이 있었겠지요

날마다 개여울에
나와 앉아서
하염없이 무엇을 생각합니다

가도 아주 가지는
않노라심은
굳이 잊지 말라는 부탁인지요

꿈꾼 그 옛날

밖에는 눈, 눈이 와라,
고요히 창 아래로는 달빛이 들어라.
어스름 타고서 오신 그 여자는
내 꿈의 품속으로 들어와 안겨라.

나의 베개는 눈물로 함빡히 젖었어라.
그만 그 여자는 가고 말았느냐.
다만 고요한 새벽, 별그림자 하나가
창틈을 엿보아라.

자나깨나 앉으나서나

자나깨나 앉으나서나
그림자같은 벗 하나이 내게 있었습니다.

그러나, 우리는 얼마나 많은 세월을
쓸데없는 괴로움으로만 보내였겠습니까!

오늘은 또다시, 당신의 가슴속, 속 모를 곳을
울면서 나는 휘저어버리고 떠납니다 그려.

허수한 맘, 둘 곳 없는 심사心事에 쓰라린 가슴은
그것이 사랑, 사랑이던 줄이 아니도 잊힙니다.

해가 산마루에 저물어도

해가 산마루에 저물어도
내게 두고는 당신 때문에 저뭅니다.

해가 산마루에 올라와도
내게 두고는 당신 때문에 밝은 아침이라고 할 것입니다.

땅이 꺼져도 하늘이 무너져도
내게 두고는 끝까지 모두 다 당신 때문에 있습니다.

다시는, 나는 이러한 맘뿐은, 때가 되면,
그림자같이 당신한테로 가오리다.

오오, 나의 애인이었던 당신이어.

먼 후일

먼훗날 당신이 찾으시면
그때에 내 말이 '잊었노라'

당신이 속으로 나무라시면
'무척 그리다가 잊었노라'

그래도 당신이 나무라시면
'믿기지 않아서 잊었노라'

오늘도 어제도 아니 잊고
먼훗날 그때에 '잊었노라'

예전엔 미처 몰랐어요

봄 가을 없이 밤마다 돋는 달도
'예전엔 미처 몰랐어요.'

이렇게 사무치게 그리울 줄도
'예전엔 미처 몰랐어요.'

달이 암만 밝아도 쳐다볼 줄을
'예전엔 미처 몰랐어요.'

이제금 저 달이 설움인 줄은
'예전엔 미처 몰랐어요.'

가는 길

그립다
말을 할까
하니 그리워

그냥 갈까
그래도
다시 더 한 번……

저 산에도 까마귀, 들에 까마귀,
서산西山에는 해 진다고
지저귑니다.

앞강물, 뒷강물,
흐르는 물은
어서 따라오라고 따라가자고
흘러도 연달아 흐릅디다려.

초혼 招魂

산산이 부서진 이름이여!
허공 중에 헤어진 이름이여!
불러도 주인 없는 이름이여!
부르다가 내가 죽을 이름이여!

심중에 남아 있는 말 한 마디는
끝끝내 마저 하지 못하였구나.
사랑하던 그 사람이여!
사랑하던 그 사람이여!

붉은 해는 서산 마루에 걸리었다.
사슴의 무리도 슬피 운다.
떨어져 나가 앉은 산 위에서
나는 그대의 이름을 부르노라.

설움에 겹도록 부르노라.
설움에 겹도록 부르노라.
부르는 소리는 비껴 가지만

하늘과 땅 사이가 너무 넓구나.

선 채로 이 자리에 돌이 되어도
부르다가 내가 죽을 이름이여!
사랑하던 그 사람이여!
사랑하던 그 사람이여!

접동새

접동
접동
아우래비접동

진두강津頭江 가람가에 살던 누나는
진두강 앞마을에
와서 웁니다

옛날, 우리나라
먼 뒤쪽의
진두강 가람가에 살던 누나는
의붓어미 시샘에 죽었습니다

누나라고 불러보랴
오오 불설워
시새움에 몸이 죽은 우리 누나는
죽어서 접동새가 되었습니다

\>

아홉이나 남아되던 오랩동생을
죽어서도 못잊어 차마 못잊어
야삼경夜三更 남 다 자는 밤이 깊으면
이 산 저 산 옮아가며 슬피 웁니다

옛 이야기

고요하고 어두운 밤이 오면은
어스레한 등불에 밤이 오면은
외로움에 아픔에 다만 혼자서
하염없는 눈물에 저는 웁니다

제 한몸도 예전엔 눈물 모르고
조그마한 세상을 보냈습니다
그때는 지난날의 옛이야기도
아무 설움 모르고 외었습니다

그런데 우리 님이 가신 뒤에는
아주 저를 버리고 가신 뒤에는
전날에 제게 있던 모든 것들이
가지가지 없어지고 말았습니다

그러나 그 한때에 외어두었던
옛이야기뿐만은 남았습니다
나날이 짙어가는 옛이야기는
부질없이 제 몸을 울려줍니다

맘에 있는 말이라고 다 할까 보냐

하소연하며 한숨을 지우며
세상을 괴로워하는 사람들이어!
말을 나쁘지 않도록 좋이 꾸밈은
닳아진 이 세상의 버릇이라고, 오오 그대들!
맘에 있는 말이라고 다 할까 보냐.
두세번 생각하라, 위선 그것이
저부터 밑지고 들어가는 장사일진댄.
사는 법이 근심은 못 가른다고,
남의 설움을 남은 몰라라.
말 마라, 세상, 세상 사람은
세상에 좋은 이름 좋은 말로서
한사람을 속옷마저 벗긴 뒤에는
그를 네길거리에 세워 놓아라, 장승도 마치 한가지.
이 무슨 일이냐, 그날로부터,
세상 사람들은 제각기 제 비위의 헐한 값으로
그의 몸값을 매마쟈고* 덤벼들어라.
오오 그러면, 그대들은 이후에라도
하늘을 우러르라, 그저 혼자, 섧거나 괴롭거나.

* 매마쟈고: 값을 매기자고

비단안개

눈들이 비단안개에 둘리울 때,
그때는 차마 잊지 못할 때러라.
만나서 울던 때도 그런 날이오,
그리워 미친 날도 그런 때러라.

눈들이 비단안개에 둘리울 때,
그때는 홀목숨은 못살 때러라.
눈 풀리는 가지에 당치마귀로
젊은 계집 목매고 달릴 때러라.

눈들이 비단안개에 둘리울 때,
그때는 종달새 솟을 때러라.
들에랴, 바다에랴, 하늘에서랴,
알지 못할 무엇에 취할 때러라.

눈들이 비단안개에 둘리울 때,
그때는 차마 잊지 못할 때러라.
첫사랑 있던 때도 그런 날이오,
영이별 있던 날도 그런 때러라.

첫치마

봄은 가나니 저문 날에,
꽃은 지나니 저문 봄에,
속없이 우나니, 지는 꽃을,
속없이 느끼나니 가는 봄을.
꽃지고 잎진 가지를 잡고
미친 듯 우나니, 집난이*는
해 다 지고 저문 봄에
허리에도 감은 첫치마를
눈물로 함빡히 쥐여짜며
속없이 우노나 지는 꽃을,
속없이 느끼노나, 가는 봄을.

* 집난이: 집을 떠난 사람. 시집 간 딸.

밭고랑 위에서

우리 두 사람은
키 높이 가득 자란 보리밭, 밭고랑 위에 앉았어라.
일을 필畢하고 쉬이는 동안의 기쁨이어.
지금 두 사람의 이야기에는 꽃이 필 때.

오오 빛나는 태양은 나려쪼이며
새 무리들도 즐거운 노래, 노래불러라.
오오 은혜여, 살아있는 몸에는 넘치는 은혜여,
모든 은근스러움이 우리의 맘 속을 차지하여라.

세계의 끝은 어디? 자애의 하늘은 넓게도 덮였는데,
우리 두 사람은 일하며, 살아있었어,
하늘과 태양을 바라보아라, 날마다 날마다도,
새롭고 새로운 환희를 지어내며, 늘 같은 땅 위에서.

다시 한번 활기있게 웃고나서, 우리 두 사람은
바람에 일리우는 보리밭 속으로
호미 들고 들어갔어라, 가즈란히 가즈란히,
걸어 나아가는 기쁨이어, 오오 생명의 향상向上이어.

산유화

산에는 꽃 피네
꽃이 피네
갈 봄 여름없이
꽃이 피네

산에
산에
피는 꽃은
저만치 혼자서 피어있네

산에서 우는 적은 새요
꽃이 좋아
산에서
사노라네

산에는 꽃 지네
꽃이 지네
갈 봄 여름없이
꽃이 지네

바다

뛰노는 흰 물결이 일고 또 잦는
붉은 풀이 자라는 바다는 어디

고기잡이꾼들이 배 위에 앉아
사랑노래 부르는 바다는 어디

파랗게 좋이 물든 남빛 하늘에
저녁놀 스러지는 바다는 어디

곳없이 떠다니는 늙은 물새가
떼를 지어 좃니는* 바다는 어디

건너서서 저편은 딴 나라이라
가고 싶은 그리운 바다는 어디

* 좃니는: 늘 쫓아다니는

엄마야 누나야

엄마야 누나야 강변 살자,
뜰에는 반짝이는 금모래빛,
뒷문 밖에는 갈잎의 노래
엄마야 누나야 강변 살자.

산

산새도 오리나무
위에서 운다
산새는 왜 우노, 시메산골
영넘어 갈라고 그래서 울지.

눈은 나리네, 와서 덮이네.
오늘도 하룻길
칠팔십 리
돌아서서 육십 리는 가기도 했소.

불귀不歸, 불귀, 다시 불귀,
삼수갑산에 다시 불귀.
사나이 속이라 잊으련만,
십오년 정분을 못 잊겠네.

산에는 오는 눈, 들에는 녹는 눈.
산새도 오리나무
위에서 운다.
삼수갑산 가는 길은 고개의 길.

왕십리往十里

비가 온다
오누나
오는 비는
올지라도 한 닷새 왔으면 좋지.

여드레 스무날엔
온다고 하고
초하루 삭망朔望이면 간다고 했지.
가도가도 왕십리 비가 오네.

웬걸, 저 새야
울려거든
왕십리 건너가서 울어나다고,
비 맞아 나른해서 벌새가 운다.

천안에 삼거리 실버들도
촉촉이 젖어서 늘어졌다네.
비가 와도 한 닷새 왔으면 좋지.
구름도 산마루에 걸려서 운다.

삭주구성 朔州龜城

물로 사흘 배 사흘
먼 삼천리
더더구나 걸어넘는 먼 삼천리
삭주구성은 산을 넘은 육천리요

물맞아 함빡히 젖은 제비도
가다가 비에 걸려 오노랍니다
저녁에는 높은 산
밤에 높은 산

삭주구성은 산 넘어
먼 육천리
가끔가끔 꿈에는 사오천리
가다오다 돌아오는 길이겠지요

서로 떠난 몸이길래 몸이 그리워
님을 둔 곳이길래 곳이 그리워
못보았소 새들도 집이 그리워

남북으로 오며가며 아니합디까

들 끝에 날아가는 나는 구름은
반쯤은 어디 바로 가 있을텐고
삭주구성은 산 넘어
먼 육천리

부모

낙엽이 우수수 떨어질 때,
겨울의 기나긴 밤,
어머님하고 둘이 앉아
옛이야기 들어라.

나는 어쩌면 생겨나와
이 이야기 듣는가?
묻지도 말아라, 내일 날에
내가 부모 되어서 알아보랴?

나는 세상 모르고 살았노라

'가고 오지 못한다'는 말을
철없던 내 귀로 들었노라.
만수산萬壽山 올라서서
옛날엔 갈라선 그 내 님도
오늘날 뵈올 수 있었으면.

나는 세상 모르고 살았노라,
고락에 겨운 입술로는
같은 말도 조금 더 영리하게
말하게도 지금은 되었건만.
오히려 세상 모르고 살았으면!

'돌아서면 모심타*'는 말이
그 무슨 뜻인 줄을 알았으랴.
제석산啼昔山 붙는 불은 옛날에 갈라선 그 내 님의
무덤의 풀이라도 태웠으면!

* 모심타: 무심타의 작은 말.

금잔디

잔디,
잔디,
금잔디,
심심산천에 붙는 불은
가신 님 무덤가의 금잔디.
봄이 왔네, 봄빛이 왔네.
버드나무 끝에도 실가지에.
봄빛이 왔네, 봄날이 왔네,
심심산천에도 금잔디에.

길

어제도 하룻밤
나그네 집에
까마귀 가왁가왁 울며 새었소.

오늘은
또 몇십리
어디로 갈까.

산으로 올라갈까
들로 갈까
오라는 곳이 없어 나는 못 가오.

말 마소 내 집도
정주곽산定州郭山
차 가고 배 가는 곳이라오.

여보소 공중에
저 기러기

공중엔 길 있어서 잘 가는가?

여보소 공중에
저 기러기
열십자+字 복판에 내가 섰소.

갈래 갈래 갈린 길
길이라도
내게 바이 갈 길은 하나 없소.

풀따기

우리 집 뒷산에는 풀이 푸르고
숲 사이의 시냇물, 모래 바닥은
파아란 풀 그림자, 떠서 흘러요.

그리운 우리 님은 어디 계신고.
날마다 피어 나는 우리 님 생각.
날마다 뒷산에 홀로 앉아서
날마다 풀을 따서 물에 던져요.

흘러가는 시내의 물에 흘러서
내어던진 풀잎은 옅게 떠갈 제
물살이 해적해적 품을 헤쳐요.

그리운 우리 님은 어디 계신고,
가엾은 이 내 속을 둘 곳 없어서
날마다 풀을 따서 물에 던지고
흘러가는 잎이나 맘해보아요.

님에게

한때는 많은 날을 당신 생각에
밤까지 새운 일도 없지 않지만
아직도 때마다는 당신 생각에
축업은* 베갯가의 꿈은 있지만

낯모를 딴 세상의 네길거리에
애닯이 날 저무는 갓스물이요
캄캄한 어두운 밤 들에 헤매도
당신은 잊어버린 설움이외다

당신을 생각하면 지금이라도
비 오는 모래밭에 오는 눈물의
축업은 베갯가의 꿈은 있지만
당신은 잊어버린 설움이외다.

* 축업은 : '축축한'의 정주지방 방언.

님의 노래

그리운 우리 님의 맑은 노래는
언제나 제 가슴에 젖어 있어요

긴 날을 문밖에서 서서 들어도
그리운 우리 님의 고운 노래는
해지고 저물도록 귀에 들려요
밤들고 잠들도록 귀에 들려요

고이도 흔들리는 노랫가락에
내 잠은 그만이나 깊이 들어요
고적한 잠자리에 홀로 누워도
내 잠은 포스근히 깊이 들어요

그러나 자다 깨면 님의 노래는
하나도 남김없이 잃어버려요
들으면 듣는 대로 님의 노래는
하나도 남김없이 잊고 말아요

바리운 몸

꿈에 울고 일어나
들에
나와라.

들에는 소슬비
머구리*는 울어라.
풀그늘 어두운데

뒷짐지고 땅 보며 머뭇거릴 때.

누가 반딧불 꾀어드는 수풀 속에서
'간다 잘 살아라' 하며, 노래 불러라.

* 머구리: 개구리의 방언.

옷과 밥과 자유

공중에 떠다니는
저기 저 새여
네 몸에는 털 있고 깃이 있지.

밭에는 밭곡식
논에는 물벼
눌하게* 익어서 수그러졌네.

초산楚山 지나 적유령狄踰嶺
넘어선다.
짐 실은 저 나귀는 너 왜 넘니?

* 눌하게: 더디게

해 넘어가기 전 한참은

해 넘어가기 전 한참은
하염없기도 그지없다.
연주홍물 엎지른 하늘 위에
바람의 흰 비둘기 나돌으며 나뭇가지는 운다.

해 넘어가기 전 한참은
조마조마하기도 끝없다.
저의 맘을 제가 스스로 늦구는 이는 복 있나니
아서라, 피곤한 길손은 자리잡고 쉴지어다.

까마귀 좇닌다.
종소리 비낀다.
송아지가 '음마' 하고 부른다.
개는 하늘을 쳐다보며 짖는다.

해 넘어가기 전 한참은
처량하기도 짝없다.
마을 앞 개천가의 체지體地 큰 느티나무 아래를

그늘진 데라 찾아 나가서 숨어 울다 올꺼나.

해 넘어가기 전 한참은
귀엽기도 더하다.
그렇거든 자네도 이리 좀 오시게.
검은 가사로 몸을 싸고 염불이나 외우지 않으랴.

해 넘어가기 전 한참은
유난히 다정도 할세라.
고요히 서서 물모루 모루모루
치마폭 번쩍 펼쳐들고 반겨오는 저 달을 보시오.

바다가 변하여 뽕나무밭 된다고

걷잡지 못할만한 나의 이 설움,
저무는 봄저녁에 져가는 꽃잎,
져가는 꽃잎들은 나부끼어라.
예로부터 일러오며 하는 말에도
바다가 변하여 뽕나무밭 된다고.
그러하다, 아름다운 청춘의 때의
있다던 온갖 것은 눈에 설고
다시금 낯모르게 되나니,
보아라, 그대여, 서럽지 않은가,
봄에도 삼월의 져가는 날에
붉은 피같이도 쏟아져내리는
저기 저 꽃잎들을, 저기 저 꽃잎들을.

*

　나태주(1945~) 시인은 1945년 충남 서천에서 출생했고, 1963년 공주사범학교를 졸업했다. 1964년 초등학교 교사로 부임을 했고, 2007년 공주 장기초등학교 교장으로 43년간의 교직 생활을 마감하면서 '황조근정훈장'을 받았다. 1971년 서울신문 신춘문예로 등단하였고, 1973년 첫 시집 『대숲 아래서』를 출간한 이래, 49권의 개인 시집과 여러 권의 선시집, 산문집, 동화집, 시화집 등을 출간했다.

　특히, 시화집 『꽃을 보듯 너를 본다』는 국내 외 판매 75만 권을 넘기고 있으며 일본, 중국, 대만, 태국, 인도네시아판으로도 번역 출간되었다.

　나태주 시인은 흙의 문학상, 박용래문학상, 편운문학상, 한국시인협회상, 정지용문학상, 소월시문학상 등을 수상했으며, 공주문화원장, 한국시인협회장 등을 역임했고 2014년부터는 공주시의 도움으로 '나태주풀꽃문학관'을 설립·운영하고 있다.

선물

하늘 아래 내가 받은
가장 커다란 선물은
오늘입니다

오늘 받은 선물 가운데서도
가장 아름다운 선물은
당신입니다

당신 나지막한 목소리와
웃는 얼굴, 콧노래 한 구절이면
한 아름 바다를 안은 듯한 기쁨이겠습니다.

풀꽃

자세히 보아야
예쁘다

오래 보아야
사랑스럽다

너도 그렇다.

행복

저녁 때
돌아갈 집이 있다는 것

힘들 때
마음속으로 생각할 사람 있다는 것

외로울 때
혼자서 부를 노래 있다는 것.

부탁

너무 멀리까지는 가지 말아라
사랑아

모습 보이는 곳까지만
목소리 들리는 곳까지만 가거라

돌아오는 길 잊을까 걱정이다
사랑아.

시

마당을 쓸었습니다
지구 한 모퉁이가 깨끗해졌습니다

꽃 한 송이 피었습니다
지구 한 모퉁이가 아름다워졌습니다

마음속에 시 하나 싹텄습니다
지구 한 모퉁이가 밝아졌습니다

나는 지금 그대를 사랑합니다
지구 한 모퉁이가 더욱 깨끗해지고
아름다워졌습니다.

멀리서 빈다

어딘가 내가 모르는 곳에
보이지 않는 꽃처럼 웃고 있는
너 한 사람으로 하여 세상은
다시 한 번 눈부신 아침이 되고

어딘가 네가 모르는 곳에
보이지 않는 풀잎처럼 숨 쉬고 있는
나 한 사람으로 하여 세상은
다시 한 번 고요한 저녁이 온다

가을이다, 부디 아프지 마라.

기쁨

난초 화분의 휘어진
이파리 하나가
허공에 몸을 기댄다

허공도 따라서 휘어지면서
난초 이파리를 살그머니
보듬어 안는다

그들 사이에 사람인 내가 모르는
잔잔한 기쁨의
강물이 흐른다.

한 사람 건너

한 사람 건너 한 사람
다시 한 사람 건너 또 한 사람

애기 보듯 너를 본다

찡그린 이마
앙다문 입술

무슨 마음 불편한 일이라도
있는 것이냐?

꽃을 보듯 너를 본다.

바람에게 묻는다

바람에게 묻는다
지금 그곳에는 여전히
꽃이 피었던가 달이 떴던가

바람에게 듣는다
내 그리운 사람 못 잊을 사람
아직도 나를 기다려
그곳에서 서성이고 있던가

내게 불러줬던 노래
아직도 혼자 부르며
울고 있던가.

산수유꽃 진 자리

사랑한다, 나는 사랑을 가졌다
누구에겐가 말해주긴 해야 했는데
마음 놓고 말해줄 사람 없어
산수유꽃 옆에 와 무심히 중얼거린 소리
노랗게 핀 산수유꽃이 외워두었다가
따사로운 햇빛한테 들려주고
놀러온 산새에게 들려주고
시냇물 소리한테까지 들려주어
사랑한다, 나는 사랑을 가졌다
차마 이름까진 말해줄 수 없어 이름만 빼고
알려준 나의 말
여름 한 철 시냇물이 줄창 외우며 흘러가더니
이제 가을도 저물어 시냇물 소리도 입을 다물고
다만 산수유꽃 진 자리 산수유 열매들만
내리는 눈발 속에 더욱 예쁘고 붉습니다.

황홀극치

황홀, 눈부심
좋아서 어쩔 줄 몰라 함
좋아서 까무러칠 것 같음
어쨌든 좋아서 죽겠음

해 뜨는 것이 황홀이고
해 지는 것이 황홀이고
새 우는 것 꽃 피는 것 황홀이고
강물이 꼬리를 흔들며 바다에
이르는 것 황홀이다

그렇지, 무엇보다
바다 울렁임, 일파만파, 그곳의 노을,
빠져 죽어버리고 싶은 충동이 황홀이다

아니다, 내 앞에
웃고 있는 네가 황홀, 황홀의 극치다

>
도대체 너는 어디서 온 거냐?
어떻게 온 거냐?
왜 온 거냐?
천 년 전 약속이나 이루려는 듯.

사는 법

그리운 날은 그림을 그리고
쓸쓸한 날은 음악을 들었다

그리고도 남는 날은
너를 생각해야만 했다.

서울, 하이에나

결코 사냥하지 않는다

먹다 남긴 고기를 훔치고
썩은 고기도 마다하지 않는다
어찌 고기를 훔치는 발톱이
고독을 안다 하겠는가?
썩은 고기를 찢는 이빨이
슬픔을 어찌 안다고 말하겠는가?

딸아, 사냥하기 싫거든
차라리 서울서
굶다가 죽어라.

살아갈 이유

너를 생각하면 화들짝
잠에서 깨어난다
힘이 솟는다

너를 생각하면 세상 살
용기가 생기고
하늘이 더욱 파랗게 보인다

너의 얼굴을 떠올리면
나의 가슴은 따뜻해지고
너의 목소리 떠올리면
나의 가슴은 즐거워진다

그래, 눈 한번 질끈 감고
하나님께 죄 한 번 짓자!
이것이 이 봄에 또 살아갈 이유다.

안부

오래
보고 싶었다

오래
만나지 못했다

잘 있노라니
그것만 고마웠다.

개양귀비

생각은 언제나 빠르고
각성은 언제나 느려

그렇게 하루나 이틀
가슴에 핏물이 고여

흔들리는 마음 자주
너에게 들키고

너에게로 향하는 눈빛 자주
사람들한테도 들킨다.

사랑하는 마음 내게 있어도

사랑하는 마음
내게 있어도
사랑한다는 말
차마 건네지 못하고 삽니다
사랑한다는 그 말 끝까지
감당할 수 없기 때문

모진 마음
내게 있어도
모진 말
차마 하지 못하고 삽니다
나도 모진 말 남들한테 들으면
오래오래 잊혀지지 않기 때문

외롭고 슬픈 마음
내게 있어도
외롭고 슬프다는 말
차마 하지 못하고 삽니다

외롭고 슬픈 말 남들한테 들으면
나도 덩달아 외롭고 슬퍼지기 때문

사랑하는 마음을 아끼며
삽니다
모진 마음을 달래며
삽니다
될수록 외롭고 슬픈 마음을
숨기며 삽니다.

사랑에 답함

예쁘지 않은 것을 예쁘게
보아주는 것이 사랑이다

좋지 않은 것을 좋게
생각해주는 것이 사랑이다

싫은 것도 잘 참아주면서
처음만 그런 것이 아니라

나중까지 아주 나중까지
그렇게 하는 것이 사랑이다.

혼자서

무리지어 피어 있는 꽃보다
두 셋이서 피어 있는 꽃이
도란도란 더 의초로울 때 있다

두 셋이서 피어 있는 꽃보다
오직 혼자서 피어있는 꽃이
더 당당하고 아름다울 때 있다

너 오늘 혼자 외롭게
꽃으로 서 있음을 너무
힘들어 하지 말아라.

다시 중학생에게

사람이 길을 가다 보면
버스를 놓칠 때가 있단다

잘못한 일도 없이
버스를 놓치듯
힘든 일 당할 때가 있단다

그럴 때마다 아이야
잊지 말아라

다음에도 버스는 오고
그 다음에 오는 버스가 때로는
더 좋을 수도 있다는 것을!

어떠한 경우라도 아이야
너 자신을 사랑하고
이 세상에서 가장 귀한 것이
너 자신임을 잊지 말아라.

나무

너의 허락도 없이
너에게 너무 많은 마음을
주어버리고
너에게 너무 많은 마음을
뺏겨버리고
그 마음 거두어들이지 못하고
바람 부는 들판 끝에 서서
나는 오늘도 이렇게 슬퍼하고 있다
나무되어 울고 있다.

너도 그러냐

나는 너 때문에 산다

밥을 먹어도
얼른 밥 먹고 너를 만나러 가야지
그러고
잠을 자도
얼른 날이 새어 너를 만나러 가야지
그런다

네가 곁에 있을 때는 왜
이리 시간이 빨리 가나 안타깝고
네가 없을 때는 왜
이리 시간이 더딘가 다시 안타깝다

멀리 길을 떠나도 너를 생각하며 떠나고
돌아올 때도 너를 생각하며 돌아온다
오늘도 나의 하루해는 너 때문에 떴다가
너 때문에 지는 해이다

너도 나처럼 그러냐?

꽃들아 안녕

꽃들에게 인사할 때
꽃들아 안녕!

전체 꽃들에게
한꺼번에 인사를
해서는 안 된다

꽃송이 하나하나에게
눈을 맞추며
꽃들아 안녕! 안녕!

그렇게 인사함이
백번 옳다.

들길을 걸으며

1
세상에 와 그대를 만난 건
내게 얼마나 행운이었나
그대 생각 내게 머물므로
나의 세상은 빛나는 세상이 됩니다
많고 많은 사람 중에 그대 한 사람
이제는 내 가슴에 별이 된 사람
그대 생각 내게 머물므로
나의 세상은 따뜻한 세상이 됩니다.

2
어제도 들길을 걸으며
당신을 생각했습니다
오늘도 들길을 걸으며
당신을 생각했습니다
어제 내 발에 밟힌 풀잎이
오늘 새롭게 일어나
바람에 떨고 있는 걸

나는 봅니다
나도 당신 발에 밟히면서
새로워지는 풀잎이면 합니다
당신 앞에 여리게 떠는
풀잎이면 합니다.

11월

돌아가기엔 이미 너무 많이 와버렸고
버리기에는 차마 아까운 시간입니다

어디선가 서리 맞은 어린 장미 한 송이
피를 문 입술로 이쪽을 보고 있을 것만 같습니다

낮이 조금 더 짧아졌습니다
더욱 그대를 사랑해야 하겠습니다.

그리움

가지 말라는데 가고 싶은 길이 있다
만나지 말자면서 만나고 싶은 사람이 있다
하지 말라면 더욱 해보고 싶은 일이 있다

그것이 인생이고 그리움
바로 너다.

내가 너를

내가 너를
얼마나 좋아하는지
너는 몰라도 된다

너를 좋아하는 마음은
오로지 나의 것이요.
나의 그리움은
나 혼자만의 것으로도
차고 넘치니까⋯⋯

나는 이제
너 없이도
너를 좋아할 수 있다.

너를 두고

세상에 와서
내가 하는 말 가운데서
가장 고운 말을
너에게 들려주고 싶다

세상에 와서
내가 가진 생각 가운데서
가장 예쁜 생각을
너에게 주고 싶다

세상에 와서
내가 할 수 있는 표정 가운데
가장 좋은 표정을
너에게 보이고 싶다

이것이 내가 너를
사랑하는 진정한 이유
나 스스로 네 앞에서 가장
좋은 사람이 되고 싶은 소망이다.

꽃

예뻐서가 아니다
잘나서가 아니다
많은 것을 가져서도 아니다
다만 너이기 때문에
네가 너이기 때문에
보고 싶은 것이고 사랑스런 것이고 안쓰러운 것이고
끝내 가슴에 못이 되어 박히는 것이다
이유는 없다
있다면 오직 한 가지
네가 너라는 사실!
네가 너이기 때문에
소중한 것이고 아름다운 것이고 사랑스런 것이고 가득
한 것이다
꽃이여, 오래 그렇게 있거라.

가을 서한

1

끝내 빈 손 들고 돌아온 가을아,
종이 기러기 한 마리 안 날아오는 비인 가을아,
내 마음까지 모두 주어버리고 난 지금
나는 또 그대에게 무엇을 주어야 할까 몰라.

2

새로 국화잎새 따다 수놓아
새로 창호지문 바르고 나면
방안 구석구석까지 밀려들어오는 저승의 햇살.
그것은 가난한 사람들만의 겨울 양식.

3

다시는 더 생각하지 않겠다,
다짐하고 내려오는 등성이에서
돌아보니 타닥타닥 영그는 가을 꽃씨 몇 움큼.
바람 속에 흩어지는 산 너머 기적 소리.

4
가을은 가고
남은 건
바바리코트 자락에 날리는 바람
때 묻은 와이셔츠 깃.

가을은 가고
남은 건
그대 만나러 가는 골목길에서의
내 휘파람 소리.

첫눈 내리는 날에
켜질
그대 창문의 등불빛
한 초롱.

들국화

바람 부는 등성이에
혼자 올라서
두고 온 옛날은
생각 말자고,
아주아주 생각 말자고.

갈꽃 핀 등성이에
혼자 올라서
두고 온 옛날은
잊었노라고,
아주아주 잊었노라고.

구름이 헤적이는
하늘을 보며
어느 사이
두 눈에 고이는 눈물.
꽃잎에 젖는 이슬.

지상에서의 며칠

때 절은 조이 창문 흐릿한 달빛 한 줌이었다가

바람 부는 들판의 키 큰 미루나무 잔가지 흔드는 바람
이었다가

차마 소낙비일 수 있었을까? 겨우

옷자락이나 머리칼 적시는 이슬비였다가

기약 없이 찾아든 바닷가 민박집 문지방까지 밀려와

칭얼대는 파도 소리였다가

누군들 안 그러랴

잠시 머물고 떠나는 지상에서의 며칠, 이런 저런 일들

좋았노라 슬펐노라 고달팠노라

그대 만나 잠시 가슴 부풀고 설렜었지

그리고는 오래고 긴 적막과 애달픔과 기다림이 거기 있
었지

가는 여름 새끼손톱에 스머든 봉숭아 빠알간 물감이었
다가

잘려나간 손톱 조각에 어른대는 첫눈이었다가

눈물이 고여서였을까? 눈썹

깜짝이다가 눈썹 두어 번 깜짝이다가…….

성이 보고 성였지만
조금만 성공가.

꿈비엄

돌멩이

흐르는 맑은 물결 속에 잠겨
보일 듯 말 듯 일렁이는
얼룩무늬 돌멩이 하나
돌아가는 길에 가져가야지
집어 올려 바위 위에
놓아두고 잠시
다른 볼일 보고 돌아와
찾으려니 도무지
어느 자리에 두었는지
찾을 수가 없다

혹시 그 돌멩이, 나 아니었을까?

윤동주·김소월·나태주 시집

시로 배우는 예쁜 말

발 행	2022년 12월 15일
지 은 이	나태주 외
펴 낸 이	반송림
편집디자인	반송림
펴 낸 곳	도서출판 지혜
	계간시전문지 애지
기획위원	반경환 이형권
주 소	34624 대전광역시 동구 태전로 57, 2층
	도서출판 지혜 (삼성동)
전 화	042-625-1140
팩 스	042-627-1140
전자우편	eji@ji-hye.com
	ejisarang@hanmail.net
애지카페	cafe.daum.net/ejiliterature

ISBN 979-11-5728-493-1 03810
값   11,000원

나 태 주

나태주(1945~) 시인은 1945년 충남 서천에서 출생했고, 1963년 공주 사범학교를 졸업했다. 1964년 초등학교 교사로 부임을 했고, 2007년 공주 장기초등학교 교장으로 43년간의 교직 생활을 마감하면서 '황조 근정훈장'을 받았다. 1971년 서울신문 신춘문예로 등단하였고, 1973년 첫 시집 『대숲 아래서』를 출간한 이래, 49권의 개인 시집과 여러 권의 선시집, 산문집, 동화집, 시화집 등을 출간했다.

특히, 시화집 『꽃을 보듯 너를 본다』는 국내 외 판매 75만 권을 넘기고 있으며 일본, 중국, 대만, 태국, 필리핀, 베트남, 인도네시아판으로도 번역 출간되었다. 나태주 시인은 흙의 문학상, 박용래문학상, 편운문 학상, 한국시인협회상, 정지용문학상, 소월시문학상 등을 수상했으며, 공주문화원장, 한국시인협회장 등을 역임했고 2014년부터는 공주시의 도움으로 '나태주풀꽃문학관'을 설립·운영하고 있다.

이메일 tj4503@naver.com